D1728495

Flucht in die Berge

JUDY ALLEN

Flucht in die Berge

Aus dem Englischen
von Gaja Busch

vgs

Die deutsche Bibliothek – CIP-Einheitsaufnahme

Allen, Judy:
Unten am Fluss - Watership down / Judy Allen.
Aus dem Engl. von Gaja Busch. - Köln : vgs
Flucht in die Berge. - 2000
ISBN 3-8025-2766-6

Das Buch
Unten am Fluss – Watership Down »Flucht in die Berge«
entstand nach der gleichnamigen Fernsehserie
ausgestrahlt bei SuperRTL.
SUPER RTL, TM & © CLT 1996

Lizenz: MM Merchandising München GmbH
Münchner Str. 20, 85774 Unterföhring
www.merchandising.de

Erstveröffentlichung bei Random House Children's Book,
London 1999
Titel der englischen Originalausgabe: *Watership Down*
Illustrationen: County Studio, Leicester

© der deutschen Ausgabe:
vgs verlagsgesellschaft, Köln 2000
Alle Rechte vorbehalten
Produktion: Angelika Rekowski
Umschlaggestaltung: Sens, Köln
Satz: Kalle Giese, Overath
Druck: Clausen & Bosse, Leck
Printed in Germany
ISBN 3-8025-2766-6

Besuchen Sie unsere Homepage im WWW
www.vgs.de

Inhalt

Die Charaktere von Watership Down

HAZEL   Der Anführer der Gruppe. Hazel überredete seine Freunde, ihren alten Bau in Sandleford zu verlassen und irgendwo anders ein neues Leben zu beginnen. Er führt die Gruppe klug durch die größten Gefahren.

FIVER   Einer der jüngsten Hasen und der Bruder von Hazel. Fiver hat Zukunftsvisionen – er kann voraussehen, wenn etwas Schlimmes passieren wird. Diese Gabe bereitet ihm manchmal große Probleme, hat die Hasen aber schon aus vielen gefährlichen Situationen gerettet.

BIGWIG   Ein ehemaliges Mitglied der Owsla, der Verteidigungsgruppe der Hasen. Bigwig geht sofort zum Angriff über, um Auseinandersetzungen beizulegen, und manchmal ist er ein bisschen zu forsch.

HOLLY   Ein Hauptmann der Owsla, der später zur Gruppe stößt. Holly glaubt zuerst nicht an Fivers Visionen. Er ist es gewohnt, Befehle zu erteilen und entgegenzunehmen und hält sich gern an feste Regeln. Nach seiner Flucht gibt er sein Amt als Hauptmann auf.

PIPKIN   Der jüngste und verletzlichste Hase. Pipkin ist unerfahren und abenteuerlustig. Alle in der Gruppe mögen ihn gern. Um seine Sicherheit sind die anderen Hasen stets besorgt.

BLACKBERRY Ein intelligentes Weibchen. Blackberry ist eine großartige Problembewältigerin. In Krisenzeiten trifft sie grundsätzlich vernünftige Entscheidungen. Als einziges Weibchen in der Gruppe hat sie es jedoch nicht immer leicht.

HAWKBIT Hawkbit ist stets bereit, die dunkle Seite der Dinge zu sehen, aber wenn es hart auf hart kommt, ist er ein zuverlässiges Mitglied der Gruppe.

DANDELION Redner, Witzemacher und Geschichtenerzähler. Dandelion gibt gern die heldenhaften Taten des Baus und El-Arahs, des Vaters aller Hasen, zum Besten. Wann immer die anderen nicht mehr weiter wissen, macht Dandelion den Hasen mit einer guten Geschichte Mut.

KEHAAR Ein Neuankömmling in der Gruppe. Kehaar, der Möwenmann, glaubt, dass er viel klüger als die Hasen ist, aber eigentlich kommt er nicht ohne sie aus. Trotzdem tut er immer sein Bestes, um die Hasen zu unterstützen.

HANNAH Eine furchtlose Feldmaus. Hannah neigt dazu, ihre Größe zu vergessen und streitet sich dann mit größeren Tieren. Sie ist eine gute Freundin von Kehaar und hilft den Hasen, wo sie nur kann.

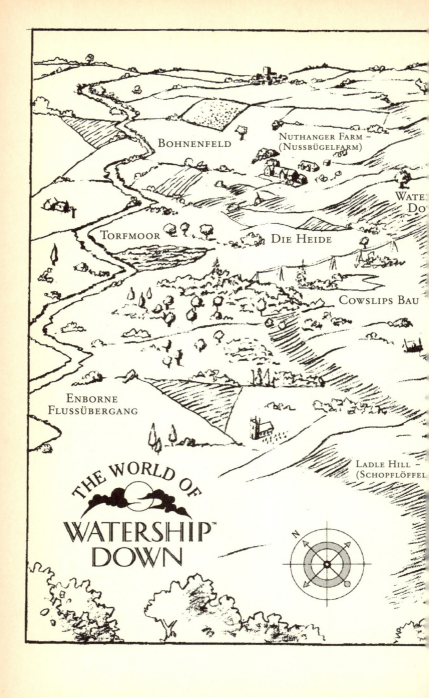

THE WORLD OF WATERSHIP DOWN

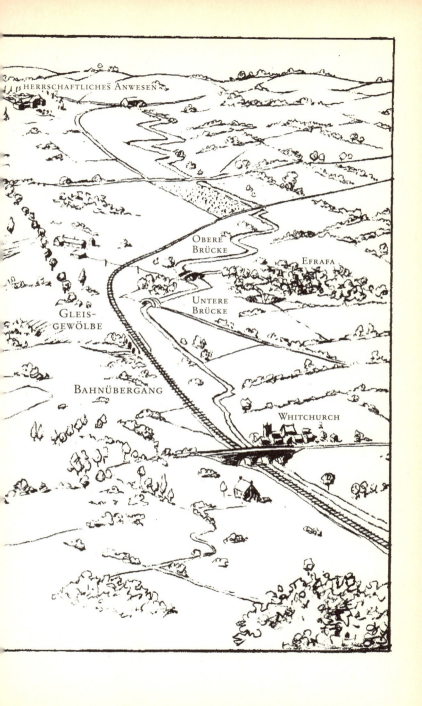

KAPITEL 1

Fivers Warnung

Hazel saß getrennt von den anderen Hasen auf einem Hügel, der ihm einen guten Überblick über die Gegend verschaffte, und dachte nach. Sein jüngerer Bruder Fiver hockte neben ihm.

Sie befanden sich auf der breiten Lichtung eines Waldes. In der Lücke zwischen den Bäumen, die von Sonnenlicht durchflutet war, wuchs süßes Gras. Blackberry, das einzige Weibchen, nagte genüsslich daran herum. Auch Hawkbit ließ sich diese köstliche Mahlzeit schmecken. In seiner Nähe saß Dandelion und ruhte sich aus. Pipkin, der jüngste der Hasen, jagte hinter einem Schmetterling her. Er vollführte große Hopser quer über die Wiese und war ganz in sein Spiel versunken.

Einzig Bigwig, der große Rammler, schien wachsam und aufmerksam zu sein.

Hazel beobachtete seine Kameraden von seiner erhöhten Position aus. Sie waren weit von zu Hause entfernt.

Besorgt blickte er in die Ferne. Sie waren nur deshalb hier, weil er sie geführt hatte.

Fiver hatte eine seiner Visionen gehabt, in der er eine drohende Gefahr gesehen hatte. Völlig aufgebracht hatte er Hazel berichtet, dass dem Bau Unheil und Zerstörung drohen würden. Fiver hatte Hazel angefleht, den Bau auf der Stelle zu verlassen, weil sie sonst alle Opfer einer großen Katastrophe werden würden.

Diese Warnung war der Grund dafür, dass Hazel sie hierher gebracht hatte. Fiver hatte gesehen, dass etwas Schreckliches passieren würde. Bisher war das, was er vorausgesagt hatte, immer eingetroffen.

Hazel sah Fiver an, der mit geschlossenen Augen und

zuckenden Ohren neben ihm kauerte. »Was kannst du sehen?«, fragte er.

»Hohe, einsame Hügel«, antwortet Fiver ruhig. »Dort werden wir unser neues Zuhause finden.«

Am Himmel stieß eine Seemöwe ihren gellenden Schrei aus und schreckte sie alle auf.

»Was ist das?«, fragte Pipkin mit weit aufgerissenen Augen. »Ist es elil?«

»Nicht alle Vögel sind unsere Feinde«, sagte Blackberry sanft. »Es ist bloß eine Möwe.«

»Junge Rammler!«, stieß Bigwig abfällig hervor, »wissen nichts vom Leben und von der Gefahr!«

Hawkbit hoppelte näher. »Als ein Hauptmann der Verteidigungsgruppe Owsla weißt du alles, nicht wahr?«, fragte er Bigwig.

»Nun, ich sag dir, was ich weiß«, entgegnete Bigwig, »wir hätten den Bau in Sandleford niemals verlassen sollen. Hauptmann Holly hat versucht, uns aufzuhalten, weil er nicht geglaubt hat, dass wir wirklich in Gefahr schweben. Wir hätten auf ihn hören sollen. Aber stattdessen sind wir losmarschiert. Dabei haben wir noch nicht mal ein Ziel.«

Fiver zitterte. Er sprach wie im Traum. »Dunkelheit kommt am hellichten Tag. Es gibt keine Zukunft in Sandleford für diejenigen, die bleiben.«

»Er legt wieder los«, sagte Dandelion, »er hat eine Vision. Lasst uns hören, was er uns zu sagen hat.«

»Einer seiner Visionen verdanken wir, dass wir jetzt heimatlos sind«, schnaubte Bigwig aufgebracht, »wir hätten – «

Er verstummte plötzlich, denn in der Ferne war das bedrohliche Bellen eines Hundes, das durch die Bäume hallte, zu hören. Es kam näher und näher.

»Lauft!«, rief Hazel in Panik. »Los, lauft alle, so schnell ihr könnt!«

Innerhalb einer Sekunde war die Lichtung leer. Die jüngeren Hasen rasten voraus. Hazel und Bigwig bildeten die Nachhut, um sicherzugehen, dass niemand zurückgelassen wurde. Ohne sich umzusehen, liefen sie die Hügelkette hinab, angetrieben durch Hazels Rufe.

»Schneller, los, lauft schneller. Wir schaffen es«, feuerte er seine Kameraden an.

Sie rannten, bis ihr Weg schließlich von einem breiten Fluss versperrt wurde. Ein fernes Bellen sagte ihnen, dass der Hund noch immer auf ihrer Spur war.

»Schwimmt!«, rief Bigwig den anderen zu. »Springt in den Fluss und schwimmt um euer Leben!«

»Ich will nicht ertrinken!«, schrie Hawkbit verzweifelt. Trotzdem glitt er ins Wasser und paddelte aus Leibeskräften.

Dandelion folgte todesmutig, indem er sich kopfüber in die Fluten stürzte, aber der kleine Pipkin zögerte. Er zitterte vor Angst und Erschöpfung. Voller Verzweiflung stand er am Ufer und traute sich nicht weiter. Auch Fiver kam kurz vor dem Fluss zum Stehen und bewegte sich nicht einen Schritt vorwärts.

Das Bellen des Hundes war erneut zu hören. Es klang entsetzlich nah. Als Hazel sich umdrehte, bereit, ihm gegenüberzutreten und Pipkin und Fiver zu verteidigen, hörte er Blackberry von flussaufwärts rufen: »Hier! Es gibt einen Weg hinüber. Kommt, ich bringe euch in Sicherheit. Schnell, beeilt euch!«

Hazel und Bigwig rannten auf Blackberry zu, wobei sie Pipkin und Fiver eilig vor sich hertrieben. Sie waren nur noch wenige Meter voneinander entfernt. Das ohrenbetäubende Gebell kam immer näher. Der Hund musste gefährlich dicht hinter ihnen sein.

Blackberry hatte einen treibenden Baumstamm gefunden. Als die flüchtenden Hasen sie endlich erreicht hatten, kletterte Pipkin umständlich darauf. Fiver folgte, und Blackberry gab ihm einen Stoß, gerade als der gewaltige Hund aus dem Unterholz herausplatzte. Jetzt ging es um Sekunden. Der Baumstamm schaukelte mit den beiden jüngsten Hasen an Bord vom Ufer davon.

Blackberry, Hazel und Bigwig sprangen ins Wasser, gerade noch rechtzeitig, um nicht von den zuschnappenden Kinnbacken des Hundes gepackt zu werden, der das Ufer nun ebenfalls erreicht hatte. Wütend kläffte er ihnen hinterher, unschlüssig, ob er ihnen in das eisige Wasser folgen sollte.

Noch war die Gefahr nicht vorüber. Da entdeckten die wie wild rudernden Hasen etwas, das sie in ihrer Aufregung zuvor übersehen hatten. Die Strömung trug den Baumstamm mit Pipkin und Fiver, die sich daran

festklammerten, langsam zu ihrem Verfolger zurück. Auch der Hund hatte diese für ihn günstige Entwicklung erkannt. Gebannt beobachtete er, wie das Floß sich immer weiter auf ihn zubewegte.

»Oh, Pipkin, es tut mir Leid, dass es so enden musste«, jammerte Fiver hilflos, als er sah, in welcher ausweglosen Situation sie steckten. Sie trieben immer weiter auf den Hund zu. Der saß nur da und wartete in aller Ruhe ab.

Plötzlich ruckelte der Baumstamm, und eine Stimme neben ihnen keuchte: »Nichts ist zu Ende!«

Bigwig war durch den Fluss zurückgeschwommen. Jetzt trat er kraftvoll um sich und stieß den Baumstamm unter der Nase des tobenden Hundes weg. Dieser beugte sich vor und versuchte wieder und wieder, nach den beiden Hasen auf ihrem Rettungsboot zu schnappen.

Doch vergeblich. Der Baumstamm bewegte sich, angetrieben durch Bigwigs Stöße, bereits in die Flussmitte zurück.

Vom Ufer aus riefen die anderen ermunternde Worte, um die völlig verängstigten Hasen anzufeuern. Pipkin und Fiver zitterten vor Furcht und klammerten sich am Baumstamm fest. Noch waren sie nicht endgültig in Sicherheit. Das Kläffen des Hundes hallte noch immer über den Fluss zu ihnen herüber. Nach weiteren Anstrengungen Bigwigs erreichten sie endlich das sichere Ufer, wo sie von ihren besorgten Freunden in Empfang genommen wurden.

Erleichtert, ihre Kameraden wohlbehalten wiederzusehen, rieben Hawkbit, Dandelion, Hazel und Blackberry ihre Köpfe an denen der nun Geretteten. Wie froh waren sie alle, diese Gefahr unbeschadet überstanden zu haben.

»Gut gemacht, Bigwig!«, lobte Hazel. »Und das war ein cleverer Trick, Blackberry. Euch beiden verdanken wir, dass wir alle wieder beisammen sind. Aber jetzt lasst uns weitergehen. Wir haben noch einen langen Weg vor uns.«

»Wir sind halb tot, Hazel«, keuchte Hawkbit erschöpft. »Gerade sind wir einer großen Gefahr entkommen. Da haben wir uns ein bisschen Ruhe verdient!«

Hazel schüttelte energisch den Kopf. »Wir werden uns ausruhen, wenn wir einen sicheren Ort finden«, sagte er entschlossen. »Noch sind wir nicht in Sicherheit.«

KAPITEL 2

Friths Segen

*D*ie erschöpften Hasen wussten, dass Hazel Recht
hatte – sie mussten weiterziehen. Vor kurzem
erst hatten sie ihren Bau verlassen, und
jetzt mussten sie einen sicheren
Unterschlupf
finden.

Von Hazel geführt, der stets einige Meter vorauseilte und die Gegend auskundschaftete, liefen sie über eine weite Ebene. Sie waren müde und hungrig und sehnten sich nach einem Ort, an dem sie bleiben konnten.

Nachdem sie eine Weile gelaufen waren, immer in der Furcht, entdeckt zu werden, fanden sie schließlich eine perfekte Stelle zum Ausruhen. Es war ein ausladendes Bohnenfeld, dessen hohe Pflanzen sie vor allen Feinden verstecken würden. Zufrieden legten sie sich auf den sonnengewärmten Boden, kuschelten sich aneinander und schliefen sofort ein.

In der Nacht träumte Fiver von fernen Hügeln und saftigen Wiesen, auf denen es genug Futter für alle gab. An diesem Ort war es warm und freundlich. Es gab weder Hunde noch andere Feinde.

Als die Sonne über dem Bohnenfeld aufging, erwachte Pipkin als Erster und zog los, um die Gegend zu erkun-

den. Er war noch nicht weit von den anderen entfernt, da schreckte ihn das Schlagen von Flügeln auf. Sogleich landete ein großer Vogel auf einem Zaunpfahl in der Nähe.

»Ich habe dich fliegen gesehen!«, begrüßte Pipkin ihn freundlich. »Du bist eine Möwe, nicht wahr?«.

»Kehaar, die Möwe vom Meer«, antwortete der Vogel. »Du kennst den Weg zum Meer?«

»Nein«, sagte Pipkin. »Hast du dich auch verlaufen?«

In diesem Moment hörte er Hawkbit rufen. Er fand, dass es für die Hasen an der Zeit war, weiterzugehen.

»Es war nett, dich kennen zu lernen, Kehaar«, sagte Pipkin. »Aber nun müssen wir weiter. Wir haben noch einen langen Weg vor uns, weißt du?«

Kehaar beobachtete, wie der Hase davonhoppelte.

»Alle haben sich verlaufen«, sagte er traurig. »Niemand hat ein Zuhause.«

Pipkin lief zu seinen Kameraden zurück. Mittlerweile waren alle erwacht und erwarteten ihn ungeduldig. Sie wollten so schnell wie möglich weiterziehen.

Die Sonne stieg höher, als sie den Schutz des Bohnenfeldes verließen. Innerhalb der nächsten Stunden überquerten sie saftige Wiesen, auf

denen sie sich stärkten, und hoppelten an einem weitläufi-
gen Waldrand entlang. Sie vermieden es, den Wald zu
betreten, der unbekannte Gefahren bergen konnte. Dort
war es jederzeit möglich, auf Feinde zu treffen.

Während ihrer Wanderung hatte sich der Himmel ver-
ändert. Die Sonne war Wolken gewichen, die sich erst

vereinzelt, später in größeren Gruppen vor sie gelegt
hatten.

Schließlich erreichten sie einen schrecklichen Ort, an
dem die Erde dunkel und gebrochen war. Hier wuchs
nichts außer wildem, stacheligem Stechginster. Mittlerweile bedeckten dunkle Regenwolken den Himmel.

Blackberry beschwerte sich nicht, aber Hawkbit tat es,
und bald stimmten alle mit ein.

Sie waren hungrig und müde und dieser Ort sah aus wie
das Ende der Welt. Sie wussten nicht einmal, wo genau sie
waren.

Bigwig hielt sie in Bewegung, aber er nahm Hazel bei-
seite und fragte ihn leise: »Können wir sicher sein, dass
Fiver Recht hat? Ist das der richtige Weg? Vielleicht war es
ein Fehler, dass wir unsere Heimat verlassen haben?«

Nebel trieb über ihnen. Regen fiel. Die Sonne, die sich
seit ihrem Aufbruch aus dem Bohnenfeld zunehmend ver-

flüchtigt hatte, war nun gar nicht mehr zu sehen. Alles war trübe und grau.

Als die müden Hasen sich weiterkämpften, seufzte Hazel plötzlich erschöpft auf: »Jetzt können wir nicht mehr zurückgehen.«

Schon bald verlor sogar Fiver den Glauben an die Notwendigkeit ihrer Wanderung. Er glitt verzweifelt in den Matsch und blieb dort zitternd liegen. »Was, wenn meine Vision falsch war?«, stammelte er kläglich. »Was, wenn ich verrückt bin?«

Doch Bigwig hatte etwas gesehen. Er zeigte nach vorne, auf eine Lücke im dichten Nebel, der sie umgab. In der weiten Ferne lag eine Kette hoher Hügel, die von Sonnenlicht gestreift wurde. Fast augenblicklich verbarg der

Nebel sie wieder, doch die graue Decke war weit genug aufgerissen, um ihnen zu zeigen, was dahinter verborgen lag.

»Fivers gelobtes Land!«, sagte Hawkbit aufgeregt und rannte ein Stück vor. »Es ist weit weg, aber es ist echt!«

Die Nebelwand vor ihnen brach erneut auf und brachte einen kleinen Bauernhof zum Vorschein, nicht weit von ihnen entfernt. Der Geruch von Kopfsalat und Karotten schwebte zu den hungrigen Hasen herauf.

Bigwig wollte sofort losstürmen, aber Hazel war vorsichtig. »Wir sind erschöpft«, mahnte er. »Wir brauchen einen klaren Kopf für einen Überfall.«

»Und wir brauchen was zu essen, falls wir es bis zu den hohen Hügeln schaffen sollen«, gab Bigwig zu bedenken.

Blackberry, Fiver und Pipkin schwiegen, aber Hawkbit und Dandelion ergriffen für Bigwig Partei.

»Bigwig hat Recht«, sagte Dandelion, »seit heute Morgen haben wir nichts mehr gegessen. Wir sind am Ende unserer Kräfte und müssen uns stärken!«

»Wartet wenigstens, bis es dunkel ist«, entgegnete Hazel.

»Na gut«, willigte Bigwig schließlich ein.

Hazel sah sich die tropfnasse Bande von Hasen nachdenklich an. Dann hellte sich sein Gesicht plötzlich auf. »Wie wär's mit einer Geschichte, Dandelion?«, fragte er.

»Ja, ein wenig Aufmunterung könnten wir alle gut vertragen«, stimmte Hawkbit ein.

»In Ordnung«, sagte Dandelion. »Soll ich ›Friths Segen‹ erzählen?«

»Ja, bitte!«, rief Pipkin und wurde augenblicklich munterer.

»Vor langer Zeit«, begann Dandelion, »als Frith, die große Sonne, die Erde machte, lebten alle Tiere friedlich zusammen – Fuchs, Hase, Wiesel – und teilten sich das gleiche Gras. Es gab keine Feindschaft unter ihnen.

El-Arah, der Vater aller Hasen, hatte viele Kinder, und ständig wurden es mehr. Bald bevölkerten sie die ganze Welt. Wo immer sie auftauchten, aßen sie Gras und Löwenzahn und Klee, so viel sie nur finden konnten. Sie aßen alles auf, und wenn das Gras abgegessen war, zogen sie weiter an einen anderen Ort.

Frith, die Sonne, sagte El-Arah, er müsse sein Volk kontrollieren, aber El-Arah lehnte ab und erwiderte: ›Mein Volk ist groß und lebt über die ganze Welt verstreut, um dir zu gefallen.‹ Da segnete Frith die anderen Tiere mit besonderen Gaben. Dem Fuchs und dem Wiesel gab er

Klauen und Zähne und außerdem den Wunsch, El-Arahs Volk der Hasen zu jagen.

Als El-Arah das hörte, bekam er Angst. Er versuchte, sich zu verstecken, doch Frith fand ihn und sagte: ›Komm, El-Arah, ich werde auch dir meinen Segen geben und dich mit besonderen Gaben ausstatten.‹

El-Arahs Hinterbeine wurden lang und stark. Frith sagte: ›Das ist mein Geschenk an dich, El-Arah. Niemals wieder wird dein Volk die Welt bedecken, denn sie ist jetzt voller Feinde. Doch zunächst müssen sie dich fangen!

Läufer! Gräber! Lauscher! Nutze deine Gaben und du wirst deinen Feinden entfliehen. Sei gerissen und voller Tricks – und dein Volk wird niemals zerstört.‹«

Dandelion machte eine Pause. »Und es ist wahr«, verkündete er abschließend. »Wir sind nicht vernichtet worden. Wir sind noch immer hier.«

»Schön erzählt, Dandelion«, sagte Hazel begeistert.

»Richtig! Läufer, Gräber, Lauscher!«, rief Bigwig. »Lasst uns gerissen sein und den Menschen etwas Kopfsalat abtricksen!«

KAPITEL 3

Der Einbruch
auf dem Bauernhof

*I*m Schutze der Dunkelheit machten sich die Hasen auf den Weg zum Bauernhof.

Der Geruch von Nahrung zog sie zu einem großen Schuppen neben dem Haupthaus. Draußen stand ein Stapel Kisten, von der jede bis zum Rand mit frischem Gemüse gefüllt war.

»Dies muss das ganze Flayrah der Welt sein«, sagte Pipkin, wobei ihm der Magen knurrte.

»Also, wer wird sich ein paar Karotten entgehen lassen?«, fragte Bigwig, während sie sich um die Kisten drängten und zu essen anfingen. Was waren das für Köstlichkeiten! Salat, Karotten, Kohl ... alles, was sich ein Hasengaumen nur wünschen konnte!

Sie waren viel zu beschäftigt, um Kehaar zu bemerken. Der Möwenmann, den Pipkin bei ihrem Aufenthalt im

Bohnenfeld kennen gelernt hatte, war in dem großen Schuppen selbst gerade in eine Plünderung vertieft. Nicht zum ersten Mal hatte er seine Feundin Hannah, die Feldmaus, dazu überredet, ihm zu helfen.

»Wir hatten wirklich Glück, dass wir das letzte Mal der Katze unbemerkt den Fisch stehlen konnten«, sagte Hannah und drehte sich zu Kehaar um. »Wenn wir hiermit fertig sind, hören wir für heute auf!«

Sie aßen noch ein Weilchen weiter. »Ich weiß, wo es noch bessere Sachen zu essen gibt«, sagte Hannah schließ-

lich und führte Kehaar an einem großen Traktor vorbei,
dahin, wo die Katzenschüssel stand. Kehaar sah Sardinen
im Futternapf und das Wasser lief ihm im Schnabel zusammen.

»Die Katze ist irgendwo anders«, sagte Hannah, ohne
sich umzudrehen. »Schnell! Beeil dich!«

Doch die Katze war nicht irgendwo anders. Sie hockte
auf dem Traktor und beobachtete alles ganz genau.

Als Kehaar den ersten Fisch in seinen Schnabel schnel-
len ließ, machte sie einen Satz.

Kehaar kreischte, die Katze jaulte und Hannah schrie.
Aufgeschreckt von dem Krach sausten die Hasen auseinan-
der – gerade als Hannah aus dem Schuppen raste,
wobei sie »Lauft! Die Katze hat Kehaar!« brüllte.

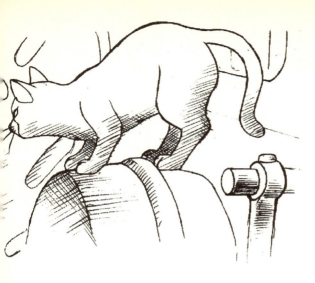

»Kehaar!«, stieß Pipkin entsetzt hervor, drehte sich um und lief in Richtung Schuppen zurück.

»Nein!«, rief Hazel.

»Dummer, junger Rammler!«, brüllte Bigwig und raste ihm hinterher, mit dem aufgeregten Hazel und den anderen auf den Fersen.

»Kehaar ist ohne uns verloren«, sagte Pipkin voller Mitleid, als sie den Kampfplatz erreicht hatten. »Wir müssen ihm helfen.«

»Nicht gegen eine Katze!«, widersprach ihm Hawkbit. Die Katze schlug nach der in die Enge getriebenen Möwe.

»Komm schon, Katze!«, kreischte Kehaar trotzig. »Ich zeig dir, wie man kämpft ...«

Da gingen Hazel, Bigwig und Hawkbit zum Angriff über. Sie rammten die Katze so hart, dass diese in einen Stapel Blumentöpfe fiel, der auf sie niederregnete.

»Kehaar! Schnell! Komm her!«, schrie Hannah.

Kehaar rannte auf seinen dünnen Vogelbeinen um sein Leben, dicht gefolgt von den drei Hasen. Sie liefen, so schnell sie konnten, und versammelten sich keuchend an einer Wand außerhalb des Bauernhofs.

»Kehaar, geht's dir gut?«, fragte Pipkin besorgt, als er wieder zu Atem gekommen war.

»Mein Flügel tut weh«, jammerte Kehaar weinerlich.

»Du wirst nicht lange durchhalten mit einem schlimmen Flügel«, sagte Hannah. »Erst musst du dich ausruhen und wieder gesund werden.«

»Kommt mit uns«, schlug Pipkin vor. »Wir gehen zu den hohen Hügeln. Fiver sagt, dort ist es sicher.«

Bigwig runzelte die Stirn. »Jetzt warte mal –«, fing er an, doch Pipkin wandte sich an Hazel. »Er ist ein Freund, lass ihn mitkommen, bitte.«

Hazel sah nachdenklich aus. Dann sagte er: »Wir sind alle Neuankömmlinge. Wir sollten uns gegenseitig helfen. Ich finde, Kehaar sollte bei uns bleiben.«

Die anderen schienen nichts dagegen zu haben, also gab Bigwig nach. »In Ordnung«, lenkte er ein. »Aber jetzt lasst uns endlich weitergehen!«

Es war ein langer Weg zu den hohen Hügeln und der Himmel begann schon hell zu werden, als Hazel sie den letzten Abhang hinaufführte.

Kehaar flog tief neben den Hasen her, Hannah saß auf seinem Rücken.

Als sie ihr Ziel endlich erreicht hatten, ließen sich sieben matte Hasen in der Nähe einer alten Buche nieder und sahen über das üppige Gras der Hügellandschaft.

»Hier werden wir von vorne anfangen«, sagte Hazel verheißungsvoll.

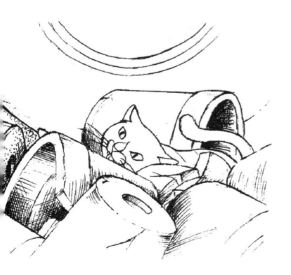

Kehaar landete unbeholfen. »Ist ein guter Ort«, äußerte er zustimmend.

»Sein Name ist Watership Down«, sagte Hannah.

»Watership Down«, wiederholte Fiver sanft. »Zu Hause.«

Ein Stück entfernt erhob sich ein Wiesel auf die Hinterbacken, wobei es einen Geruch einatmete, der durch die Morgenluft getragen wurde. »Langohren«, murmelte es zu sich selbst. »Die Langohren sind zurück auf dem Down.«

KAPITEL 4

Der neue Bau

*A*m nächsten Morgen machte Blackberry eine interessante Entdeckung. In dem Abhang unter der Buche war ein altes, verlassenes Hasenloch. »Es ist nicht groß genug«, sagte sie, »aber wenn jeder beim Graben hilft ...«

»Jeder?«, fragte Bigwig empört. »Aber Rammler graben nicht.«

»Red doch nicht solch einen Blödsinn«, sagte Hazel. »Blackberry ist das einzige Weibchen. Sie kann nicht den ganzen Bau alleine graben. Wir müssen alle einspringen.«

Hawkbit, Dandelion, Pipkin und Fiver sahen verständnislos aus. Bigwig schüttelte entschlossen den Kopf.

»Wenn wir überleben wollen«, erklärte Hazel, »brauchen wir neue Denkweisen. Nur weil die Weibchen in der Vergangenheit für das Graben zuständig waren, muss das doch nicht auch für die Zukunft gelten.«

»Ich habe genug vom neuen Denken«, beschwerte sich Bigwig. »Du hast uns schon dazu gebracht, mit Möwen und Mäusen zu leben.«

»Du magst keine Mäuse?«, sagte Hannah beleidigt. »Fein, dann gehe ich eben wieder!« Und sie marschierte hoch erhobenen Hauptes durch das Gras davon.

Hazel seufzte. Dann hüpfte er in den Gang, um den anderen ein gutes Beispiel zu geben, indem er Blackberry half.

Die anderen Hasen entschieden, dass sie lieber am Gras nagen wollten. Kehaar watschelte zu Pipkin herüber.

»Kehaar ist hungrig«, sagte er und deutete mit einem

Flügel auf seinen Schnabel. »Hilfst du mir, Essen zu finden?«

Bereitwillig folgte Pipkin der Möwe fort von den anderen durch das Gras. Nach einigem Suchen fanden die beiden ein Stück verrottetes Holz. Pipkin wendete es, sodass Kehaar an die fetten Larven darunter herankommen konnte.

Plötzlich kam ein höchst beunruhigender Laut durch die Luft. Pipkin saß vor Anspannung kerzengerade. Eine seltsame und einsame Stimme rief durch den Wind – »Bigwig. Bigwig. Wo bist du?«

Pipkin war vor Angst wie gelähmt und bemerkte nicht, dass sich etwas hinter ihm heranschlich. Als er sich umdrehte, war das Wiesel beinah auf ihm, seine Zähne hatte es in einem bösartigen Grinsen entblößt.

Doch bevor es zuschlagen konnte, erschienen Bigwig, Hazel und Hawkbit wie aus dem Nichts. Sie attackierten das Wiesel, wie sie es bei der Katze getan hatten, und schleuderten es mit aller Kraft den Abhang hinunter. Nachdem es sich wieder aufgerappelt hatte, ergriff es schnell die Flucht.

Der völlig verschreckte Pipkin hatte nicht einmal Zeit, zu Atem zu kommen, als Bigwig schon lospolterte: »Ich habe dir gesagt, dass wir nicht mit Möwen und Mäusen verkehren sollten«, richtete er sich an Hazel, »dieser Vogel hat Pipkin ganz allein in die Irre geführt.«

»Kehaar war dumm! Kehaar bedauert das sehr!«, jammerte die Möwe kläglich.

»Und wer hat das Wiesel gesehen und ist den ganzen

Weg zurückgekommen, um uns zu warnen?«, bemerkte Hazel. »Hannah, die Feldmaus. Sie hat zu uns gehalten, obwohl wir sie beleidigt haben. Wäre sie nicht gewesen, wäre Pipkin dem Wiesel zum Opfer gefallen. Meint ihr nicht, es wäre Zeit für eine Entschuldigung?«

»Richtig«, entgegnete Bigwig, »aber es war trotzdem die Schuld dieser Möwe –« Plötzlich hielt er inne, weil er bemerkte, dass Pipkin vor Entsetzen zitterte. »Lass dich von einem fiesen Wiesel nicht aus der Fassung bringen«, sagte er behutsam.

»Es ist mehr als das«, erwiderte Pipkin kläglich und schaute Bigwig an. »Ich hörte eine Stimme, die deinen Namen rief. Was wenn … was wenn das der Schwarze Hase von Inle war?«

Bigwigs Augen weiteten sich. Dann zerzauste er Pipkins Kopf. »Du meinst den Schwarzen Hasen, der uns holt, wenn wir sterben müssen? Wenn er mich haben will, dann weiß er, wo er mich findet«, sagte er betont ruhig und hoppelte davon.

Die anderen Hasen waren fassungslos. Was, wenn der Schwarze Hase ihren Kameraden wirklich holen würde? Gegen den Hasen von Inle waren sie machtlos. Sie konnten nur abwarten und hoffen, dass er nicht erscheinen würde. Traurig machten sie sich auf den Weg zu ihrem neuen Zuhause. Bigwig war bereits vor ihnen dort angekommen und tat so, als sei nichts geschehen.

Sofort gingen die Auseinandersetzungen um das Graben weiter und dauerten fast den ganzen Morgen an. Vergessen war der Schwarze Hase von Inle, vergessen war die Angst.

Schließlich erklärten sich Bigwig, Hawkbit und Dandelion einverstanden zu helfen, aber sie waren darüber nicht besonders glücklich und machten keine Anstalten, mit dem Graben anzufangen. Sie entfernten sich von den anderen und aßen von dem hohen Gras, so als gäbe es nichts anderes zu tun. Nur Fiver und Pipkin gingen bereitwillig in den Gang, um mit der Arbeit zu beginnen.

Hazel saß mit Hannah an seiner Seite allein vor dem Bau. »Es hat keinen Sinn, zwei Anführer zu haben«, sagte die Feldmaus. »Es kann nur einen geben.«

Hazel seufzte. »Vielleicht ist es an der Zeit, dass Bigwig die Leitung übernimmt«, murmelte er gedankenverloren.

»Aber du hast die Hasen nach Watership Down gebracht«, sagte Hannah, um Hazel aufzumuntern. »Das bedeutet, dass du der Anführer bist.«

Hinter der großen Buche saß Bigwig aufrecht und hörte zu.

Aber er hörte nicht Hannah oder Hazel zu. Er hörte der weit entfernten unheimlichen Stimme zu, die noch immer seinen Namen rief.

KAPITEL 5

Ein unerwarteter Besucher

*E*rde flog in alle Richtungen, als die Arbeit am neuen Bau in Gang kam. Nach einigem Zögern hatten sich letztendlich doch alle beteiligt. Zunächst waren die Rammler nicht so gut darin, aber Blackberry gab ihnen Anweisungen, und sie arbeiteten hart. Gegen Spätnachmittag hatten sie eine große Kammer ausgeräumt, deren hohe Decke von den Wurzeln der Buche darüber gehalten wurde.

Während die anderen sie bewunderten, entdeckte Pipkin einen mit Steinen ausgelegten Tunnel, der aus der Hinterseite der Kammer hinausführte.

Hazel zwängte sich hinein, setzte aber gleich wieder zurück. »Er ist zu eng, um ihn als Gang zu nutzen«, sagte er. »Aber er scheint lang zu sein und die Luft riecht frisch.«

»Mein Onkel hat mir von einem Tunnel erzählt, der von hier bis zur anderen Seite des Downs verläuft«, sagte Hannah. »Das muss er sein.«

Hazel sah nachdenklich aus. »Dieses Wiesel, das wir in die Flucht geschlagen haben, ist eine Bedrohung für uns alle. Es wird wiederkommen und versuchen, uns zu jagen«, verkündete er. »Wenn wir es dazu bringen, diesen Tunnel hinabzulaufen, dann können wir den Eingang hinter ihm blockieren.«

»Gut gedacht«, sagte Bigwig. »Und es wird viel zu weit entfernt von hier aus dem Tunnel wieder herauskommen, um den Weg zurück zu finden. Doch wie kriegen wir es da rein? Freundlich fragen?«

»Ich bringe es dazu, mich in den Tunnel zu jagen«, bemerkte Hazel. »Dann könnt ihr den Tunnel hinter uns zumachen.«

»Aber du wirst mit ihm darin gefangen sein!«, gab Hawkbit zu bedenken.

»Weiß ich«, entgegnete Hazel und zuckte mit den Schultern. »Aber es muss getan werden.«

Bigwig trat nach vorne. »Ich werde es tun«, sagte er ernergisch. »Der Schwarze Hase von Inle kommt sowieso meinetwegen. Ich habe ihn nach mir rufen hören. Pipkin hat ihn auch gehört. Er will mich zu sich holen.«

Pipkin nickte mit trauriger Miene.

»Wenn der Schwarze Hase kommt, um dich zur anderen Seite zu bringen, gehst du«, sagte Bigwig. »Hazel, wir

47

hatten unsere Meinungsverschiedenheiten, aber die Hasen vom Watership Down brauchen dich und deine neuen Ideen. Lass mich diese letzte Sache für alle tun.«

Äußerst widerwillig stimmte Hazel zu.

Die anderen Hasen waren schockiert von dem Gedanken an Bigwigs Opfer, und Kehaar schluchzte laut. Bigwig nahm keine Notiz davon. Er beschäftigte sich damit, ihnen ein Versteck zu zeigen und Kehaar Anweisungen zu geben, wann er Alarm schlagen sollte.

Dann stieß Hannah Hazel an. »Ich habe einen Plan«, flüsterte sie. »Hör zu –.«

Hawkbit war gerade dabei, eine feierliche Abschiedsrede für Bigwig zu halten, als Hazel ihn aufgeregt unterbrach.

»Warte!«, sagte er. »Wir haben eine andere Idee! Hannah wird das Wiesel in den Steintunnel führen. Sie hat einen winzigen Spalt gefunden, gerade groß genug für sie, um sich zu verstecken und anschließend zu entkommen.«

Bigwig mochte die Idee, so eine wichtige Aufgabe einer Maus zu geben, nicht, aber zum ersten Mal ergriffen alle Partei gegen ihn, und er erklärte sich schließlich einverstanden.

Als das Wiesel in dieser Nacht zurückkehrte, zeigte ihm das Mondlicht eine Feldmaus am Eingang des Gangs.

»Ein Mund voll Maus«, murmelte das Wiesel und leckte sich gierig das Schnäuzchen. »Die Langohren später.« Und es jagte Hannah in den Gang.

Kehaar gab das Signal, und Hazel, Bigwig und Blackberry krochen aus ihren Verstecken und folgten. Sobald das Wiesel inmitten des engen Tunnels war, rasten sie heran und hievten einen Stein über die Öffnung. Sekunden später sprang Hannah aus der Fluchtspalte.

»Du warst wunderbar, Hannah!«, rief Hazel, wobei er sie leicht mit einer Pfote antippte.

»Ich nehme an, Mäuse und Möwen sind nicht völlig unnütz«, sagte Bigwig widerwillig, ohne jemanden dabei anzusehen.

Draußen warteten Fiver und Pipkin besorgt mit Hawkbit, Dandelion und Kehaar. Doch kaum waren die anderen aus dem Gang herausgekommen, um ihnen zu sagen, dass ihr Plan funktioniert hatte, als die seltsame Stimme erneut zu hören war, dieses Mal näher: »Bigwig – wo bist du?«

»Der Schwarze Hase von Inle«, flüsterte Hawkbit voller Ehrfurcht.

Bigwig nickte. »Ich muss jetzt gehen«, sagte er feierlich, und er ging fort von ihnen in die Dunkelheit.

Hazel und Fiver sahen sich an – und dann beeilten sie sich, ihn einzuholen.

»Geht zurück«, befahl Bigwig, »oder der Schwarze Hase wird auch euch nehmen.«

»Wir lassen nicht zu, dass du ihm alleine gegenübertrittst«, erwiderte Hazel, fest entschlossen, Bigwig nicht von der Seite zu weichen.

Die Stimme rief Bigwigs Namen erneut, dieses Mal war sie sehr nahe. Eine dunkle Hasengestalt tauchte vor ihnen auf. Als sie zögerten, rannte die Gestalt auf Bigwig zu und brach vor seinen Füßen zusammen.

»Bei Frith!«, rief Hazel. »Es ist Hauptmann Holly.«

Holly bot einen furchtbaren Anblick – dreckig, erschöpft, verwundet. »Ich habe euch gesucht ...«, jammerte er. »Fiver, du hattest Recht – wir hätten alle weggehen sollen. Den Sandleford-Bau gibt es nicht mehr. Unsere alte Heimat ist zerstört! Wir hätten mit euch fliehen sollen, aber damals haben wir Fivers Warnungen nicht geglaubt.«

»Ist sonst noch jemand herausgekommen?«, fragte Fiver mit weit aufgerissenen Augen.

»Pimpernel. Er war zu schwach, um weit zu gehen. Ich habe ihn in einem anderen Bau zurückgelassen –« Holly zitterte am ganzen Körper.

»Es ist schon gut«, sagte Bigwig und half ihm auf. »Du bist jetzt in Sicherheit.«

»Oh, Hazel, ich hatte Recht«, sagte Fiver voller Entsetzen. »Sandleford ist zerstört, und wir sind ganz allein. Was sollen wir tun?«

»Was unsere Vorfahren auch getan haben«, erklärte Hazel. »Wir fangen von vorne an.«

KAPITEL 6

Die Suche nach Pimpernel

Hoch oben auf dem Watership Down betrachteten Hazel und Bigwig den Sonnenaufgang. Hazels jüngerer Bruder Fiver saß neben Holly, der, erschöpft von seiner Flucht aus dem Sandleford-Hasenbau, noch immer schlief.

Pipkin, Hawkbit und Dandelion nagten am üppigen Gras herum. Blackberry buddelte unter den Wurzeln der

alten Buche, wobei die Erde hinter ihr herausflog, während sie arbeitete.

»Kommt schon«, forderte Hazel die anderen auf. »Es wird Zeit, dass wir alle mitmachen.«

»Graben ist aber die Arbeit des Weibchens!«, beschwerte sich Bigwig.

Blackberrys gedämpfte Stimme kam aus dem Loch. »Zum letzten Mal: Ich kann den Bau nicht alleine fertigstellen«, rief sie.

»Das brauchst du auch nicht«, beschwichtigte Hazel sie. Dann starrte er die anderen Hasen solange an, bis Hawkbit, Dandelion und Pipkin schließlich aufhörten zu essen und anfingen zu graben.

Kehaar, der Möwenmann, watschelte herüber. »Habt ihr Würmer gefunden?«, fragte er hoffnungsvoll.

»Wir versuchen's«, seufzte Pipkin.

»Ich kann kaum glauben, dass unser Bau in Sandleford zerstört wurde«, sagte Hazel und schluckte heftig. »Holly hatte Glück, dass er fliehen konnte.«

»Das hatten wir alle«, erwiderte Bigwig. »Ich bin froh, dass du und Fiver uns dazu gebracht habt zu gehen.«

»Fivers Vision war richtig«, bemerkte Hazel.

Bigwig nickte. »Aber das heißt nicht, dass er in allem Recht hat«, sagte er, wobei er eine Pfote hob.

»Hab ich auch nie gesagt«, entgegnete Fiver und hoppelte zu ihnen herüber.

»Wie geht's Holly heute Morgen?«, fragte Bigwig.

»Er ist noch immer schwach«, sagte Fiver. »Aber er will zu dem Bau zurück, wo er Pimpernel zurückgelassen hat, und ihn hierher bringen.«

»Er ist ein wahrer Owsla-Hauptmann«, stellte Bigwig anerkennend fest. »Mehr um seine Truppe besorgt als um sich selbst.«

»Holly sollte sich ausruhen«, sagte Hazel.

»Nun, wieso gehen wir nicht und holen Pimpernel selbst?«, schlug Bigwig vor und sah die anderen Hasen auffordernd an. »Es wäre interessant, einen anderen Bau zu sehen«.

Hazel sah nachdenklich aus. »Vielleicht sollten wir das«, stimmte er zu. Sofort war er von Fiver, Hawkbit, Dandelion und Pipkin umgeben, die auch alle mitgehen wollten.

»Tut mir Leid«, bedauerte Hazel. »Einige von euch müssen Blackberry helfen, schließlich soll der Bau auch fertig werden.« Er wählte Fiver und Bigwig aus, ihn zu begleiten, und führte die Expedition den Hügel hinunter.

Sie waren noch nicht weit gelaufen, als Holly sie einholte. Er war immer noch sehr schwach und humpelte leicht.

»Holly«, sagte Hazel. »Du solltest erst ganz gesund werden. Ich glaube nicht, dass du schon wieder kräftig genug bist.«

»Natürlich ist er das!«, widersprach Bigwig energisch.

»Wer hat hier das Sagen?«, fragte Holly verblüfft.

»Hazel«, murmelte Bigwig.

»Also gut, Holly«, sagte Hazel schnell, um Bigwigs Gefühle zu schonen. »Dann kommst du eben mit uns. Du weißt am besten, wo das Gehege ist, in dem wir Pimpernel finden.«

Sie bewegten sich langsam und hielten häufig an, um die Luft nach Gefahr abzuschnüffeln.

»Seid ganz still, ich habe etwas gehört«, flüsterte Hazel auf einmal. Alle verharrten schweigend und suchten die Umgebung nach Feinden ab. Aber es war nur ein Maulwurf, der sich dicht bei ihnen seinen Weg an die Oberfläche bahnte.

Bis sie die Felder des nahe gelegenen Bauernhofs überquert und sich durch den Wald dahinter bewegt hatten, war es Abend geworden. Bedrohliche Gewitterwolken zogen sich über ihnen zusammen.

Sie verließen den Wald und kamen auf ein Gelände, das mit zahlreichen Hügeln bedeckt war. »Wir müssen dringend einen Unterschlupf finden, bevor das Unwetter losbricht«, mahnte Hazel.

»Das Gehege muss hier ganz in der Nähe sein«, warf Holly ein. »Ich erinnere mich an die Hügel. Lasst uns noch ein Stück weitergehen.«

Sie liefen noch eine Weile durch das unbekannte Gebiet. Da schlug ihnen plötzlich der Geruch von anderen Hasen entgegen. Sie nahmen die Witterung auf und folgten der Spur.

Vor ihnen lag ein riesiger, in einen gebogenen Abhang gegrabener Bau, der von Bäumen überdeckt war. Außerhalb saßen zwei große, gepflegte Hasen.

»Der Größere ist Cowslip«, sagte Holly leise. »Er ist der Anführer. Der andere ist Strawberry.«

»Das ist ein riesiges Gebäude! So etwas habe ich überhaupt noch nie gesehen!«, stieß Hazel hervor, wobei ihm der Mund vor Erstaunen offen stand.

»Sieht aus, als wäre da Platz für uns, falls wir einziehen wollten«, bemerkte Bigwig.

Unvermittelt begann Fiver zu zittern.

»Was ist los?«, fragte Hazel.

»Ich bin mir nicht sicher«, antwortete Fiver mit ausdrucksloser Miene.

Die ersten Regentropfen fielen.

»Vielleicht können wir in einem trockenen Bau übernachten«, sagte Hazel. »Komm schon.«

Als er auf sie zuhoppelte, standen Cowslip und Strawberry auf und verneigten sich. Dann umkreisten sie die Watership Down-Hasen in einem langsamen Tanz.

»Willkommen, willkommen, seid alle gegrüßt«, sang Cowslip. »Es ist so nett von euch, dass ihr uns besucht.« Er streckte eine Pfote aus und tätschelte Hazel und Bigwig.

Sie wichen erschrocken zurück, doch Holly flüsterte: »Es ist in Ordnung. Das ist etwas, was sie alle tun, wenn sie sich treffen.« Laut sagte er: »Wir sind wegen Pimpernel gekommen.« Cowslip schien ihn nicht zu hören.

»Kommt herein aus dem Regen«, sagte er. »So sanft und lieb er auch ist ...«

Die Hasen folgten ihm in den Bau. Bigwig sah sich staunend die glatten Wände und hohen Decken an.

»Höchst beeindruckend«, lobte er anerkennend.

Der erste Blitz des Gewittersturms beleuchtete die Öffnung des Baus hinter ihnen, und Fiver schauderte. »Hier stimmt was nicht«, wisperte er.

»Du bist bloß müde«, versuchte ihn Hazel zu beruhigen. »Am Morgen wird alles besser aussehen.«

Fiver sah sich um, seine Augen groß waren und voller Entsetzen. »Der Morgen fühlt sich noch weit entfernt an«, sagte er und schaute traurig zu Boden.

KAPITEL 7

Cowslips Bau

Die Watership Down-Hasen hatten noch nie so etwas wie Cowslips Bau gesehen. Der Zentralbau war erstaunlich hoch und breit. Es gab einen ungewöhnlich großen Vorrat an Kohl und Karotten.

Zu ihrer größten Überraschung war eine der Wände mit Steinen und Stückchen von gefärbtem Glas dekoriert. Hazel konnte nichts anderes tun, als zu starren.

»Wir brauchen uns keine Sorgen um Feinde zu machen oder wie wir Nahrung finden«, erklärte Strawberry wild gestikulierend, »also haben wir Zeit, schöne Dinge herzustellen.«

Alle Hasen aus dem Bau waren groß und gepflegt. Ihr Fell glänzte seidig. Niemals zuvor hatten die Hasen vom Watership Down so gesunde Hasen gesehen. Schweigend beobachteten sie, wie Strawberry und Cowslip die Neuankömmlinge herumführten.

»Sie sehen traurig und irgendwie verloren aus«, flüsterte Fiver.

»Für mich sehen sie gesund und wohlgenährt aus«, widersprach Hazel.

»Und die Gänge sind trocken«, gab Holly zu bedenken, »obwohl es draußen regnet.«

Bigwig drehte sich zu Cowslip um. »Also, wo ist Pimpernel?«, fragte er.

»Liebe Freunde«, sagte Cowslip sanft, während er die Frage ignorierte. »Bitte esst. Bedient euch. Wir haben genug.«

»Woher bekommt ihr all dieses Flayrah?«, fragte Bigwig, wobei er auf den Kohl starrte.

»Morgen«, sagte Cowslip. »Morgen werdet ihr es sehen. Da werden wir euch alles zeigen.« Er bewegte sich zur Mitte des Baus. »Liebe Freunde, passt auf!«, rief er. »Jetzt wollen wir uns mit ein wenig Unterhaltung zerstreuen! Dazu hören wir die süßen Reime des Silverweed.«

»Dieser Cowslip hat einen seltsamen Umgang mit Worten«, murmelte Bigwig.

Die Hasen aus dem Bau bildeten einen Kreis und nahmen Silverweed in ihre Mitte.

»Er riecht nach toten Blättern«, flüsterte Fiver Hazel zu.

Silverweed erhob die Stimme und verfiel in einen unheimlichen Sprechgesang. »Frith, die große Sonne, liegt im Abendhimmel. Nimm mich mit, Meister Frith, zum Herzen des Lichts ...«

64

»Ich mag das hier nicht«, stieß Fiver zitternd hervor.

Silverweed starrte ihn direkt an, und seine Stimme sang weiter: »Ich bin bereit, Meister Frith, dir meinen Atem, mein Leben zu geben –«

»Nein!«, schrie Fiver plötzlich und brachte damit Silverweeds Vorstellung zu einem abrupten Ende. »Lasst mich hier raus.« Und er rannte davon.

Die Zurückgebliebenen sahen ihm irritiert nach. Niemand konnte sich Fivers Ausbruch erklären. Hazel und Bigwig folgten ihm nach draußen in den Regen.

»Was ist denn los?«, fragte Bigwig.

»An diesem Ort gibt es Traurigkeit und Angst«, antwortete Fiver zitternd. »Es ist kein guter Ort. Irgendeine Gefahr geht von ihm aus. Ich spüre es genau.«

Weder Hazel noch Bigwig konnten ihn überreden wieder hereinzukommen. Widerwillig kehrten sie ohne ihn in den Bau zurück.

»Ich werde später noch mal versuchen, Fiver umzustimmen. Er kann doch nicht die ganze Nacht dort draußen verbringen«, sagte Hazel.

Doch der Bau war warm, und als sie zurückkamen, boten ihnen die anderen Hasen von ihrem Essen an, das sie dort gelagert hatten. Es gab eine schier unerschöpfliche Menge an Flayrah. Sie aßen gut und üppig.

Schon bald zogen Hazel, Bigwig und Holly sich zurück, und kurze Zeit später schliefen sie fest. Nach Fiver hatten sie nicht mehr gesehen.

Sie wurden im Morgengrauen von einem Furcht erregenden Geruch aufgeschreckt.

»Da draußen ist ein Fuchs!«, rief Bigwig aufgeregt.

Es fiel ein einzelner Schuss.

»Und ein Mensch!«, sagte Holly und sah ängstlich zur Öffnung des Baus.

Cowslip tauchte neben ihnen auf. »Wir sind in Sicherheit, Freunde«, sagte er sanft. »Der Mensch hat den Fuchs für uns getötet. Er ist jetzt fort.«

Hazel sah wild um sich. »Fiver ist noch immer da draußen!«, schrie er und rannte los. In Begleitung von Bigwig suchte er rund um das Gehege nach Fiver. Jetzt tat es ihm Leid, dass er in der Nacht zuvor nicht noch einmal nach ihm gesehen hatte. Bigwig und Hazel liefen durch den Regen, der unablässig vom Himmel strömte. Sie schauten hinter jeden Strauch. Nichts. Schließlich gingen sie in den nahe gelegenen Wald.

Hazel und Bigwig fanden Fiver unter einer Eibe. Der Regen hatte aufgehört, aber ihm war sehr kalt.

»Oh, Fiver, wir haben uns solche Sorgen um dich gemacht! Geht es dir gut?«, fragte Hazel erleichtert.

»Dies ist ein schlechter Ort«, sagte Fiver mit hängenden Schultern. »Lasst uns nach Hause gehen.«

»Wir müssen zuerst Pimpernel finden«, entschied Hazel.

»Wir werden ihn nicht finden«, jammerte Fiver traurig. »Er ist fort.«

»Blödsinn!«, sagte Bigwig. »Wohin sollte er denn gegangen sein?«

Da entdeckten sie Cowslip, Strawberry und die anderen Hasen aus dem Bau. Sie saßen in der Nähe und nagten an einem Haufen Kopfsalat und Karotten.

Bigwig und Hazel hoppelten zu ihnen herüber. Fiver folgte zögernd.

»Wo kommt all das her?«, fragte Hazel und deutete auf das Essen.

»Menschen hinterlassen es«, antwortete Cowslip mit vollem Mund. »Ihr werdet das Leben hier genießen.«

»Wir sind nur wegen Pimpernel gekommen«, sagte Hazel schnell. »Wir bleiben nicht lange.«

»Lang, kurz«, entgegnete Cowslip gedankenversunken, »man kann nie wissen ...«

Holly, nach dem Hazel schon verstohlen Ausschau gehalten hatte, hoppelte über die Wiese auf die versammelten Hasen zu. »Ich kann Pimpernel nirgendwo finden«, platzte er heraus. »Und niemand sagt mir irgendwas.«

»Mit diesem Ort stimmt etwas ganz und gar nicht«, klagte Fiver weinerlich.

»Hör auf zu jammern, Fiver!«, wies ihn Bigwig zurecht. »Cowslip hat uns eingeladen zu bleiben und, bei Frith, ich werde das Angebot annehmen! Es ist sehr unhöflich von dir, dich so aufzuführen!« Wütend sprang er durch eine Öffnung in der Hecke davon. Eine Sekunde später ließ ein Schrei des Schmerzes und der Angst sie alle zusammenfahren.

Hazel erreichte Bigwig, der diesen Schrei ausgestoßen hatte, als Erster. Bigwig lag auf der Seite, eine Schlinge aus Draht um den Hals. »Hazel!«, würgte er. »Ich bin gefangen! Hilf mir!«

KAPITEL 8

Die glänzenden Drähte

Je mehr Bigwig versuchte, sich freizukämpfen, desto fester zog sich die Schlinge um seinen Hals zusammen. Seine Kameraden standen hilflos um ihn herum.

»Wie können wir dir helfen?«, stieß Holly fassungslos hervor.

Bigwigs Hinterläufe begannen zu zittern. Er versuchte zu sprechen, brachte jedoch nur ein heiseres Krächzen zustande.

»Bleib ganz still liegen, Bigwig, beweg dich nicht. Wir werden dich befreien«, sagte Hazel, während er verzweifelt nach einer Lösung suchte.

Er sah, dass der Draht an einem Pflock im Boden befestigt war. »Wir müssen den Pflock ausgraben«, rief er den anderen zu. »Los, helft alle mit!«

Hazel schickte Holly, um Hilfe zu holen, während er und Fiver sich an die Arbeit machten, den Pflock aus der Erde zu bekommen.

Holly rannte so schnell er konnte zu den Hasen aus dem Bau.

»Cowslip! Strawberry!«, keuchte er. »Bigwig ist in einem glänzenden Draht gefangen! Bitte, helft uns!«

Die Hasen aus dem Bau starrten ihn an. Keiner bewegte sich.

»Habt ihr mich nicht verstanden?«, rief Holly mit rudernden Vorderpfoten. »Bigwig sitzt in einer Falle!«

»Es gibt keinen Bigwig«, sagte Cowslip gleichgültig und wandte sich ab. »Und es gab auch nie einen.«

»Ihr seid verrückt«, schrie der entsetzte Holly. Er raste zu Hazel und Fiver zurück, gerade als diese den Pflock freibekommen hatten. »Die anderen wollen nicht helfen!«, stieß er hervor, »sie haben gesagt, es gebe keinen Bigwig!«

»Bigwig ist gerettet! Wir haben es geschafft!«, stieß Hazel hervor, während er die Drahtschlinge über Bigwigs Kopf hob. »Er ist frei!«

Hazel seufzte erleichtert. Doch Bigwig stand nicht auf. Er lag mit geschlossenen Augen ruhig da.

»Wir kommen zu spät«, stöhnte Holly und ließ den Kopf sinken.

»Armer Bigwig!«, flüsterte Fiver schniefend.

»Mein Freund läuft nicht mehr«, sagte Hazel mit schmerzerfüllten Augen. »Wir können nichts mehr für ihn tun.«

Große Verzweiflung machte sich breit. »Was sollen wir denn jetzt anfangen?«, piepste Fiver.

»Holly, was haben die anderen Hasen zu dir gesagt?«, fragte Hazel, der langsam aus der Erstarrung, in die er gefallen war, aufwachte.

»Sie sagten, dass es keinen Bigwig gebe«, wiederholte Holly.

»Das kann nicht wahr sein, was ist nur in sie gefahren?«, stieß Hazel empört hervor.

»Die glänzenden Drähte sind überall«, entgegnete Fiver. »Cowslip weiß davon. Sie alle wissen davon.«

»Der Mensch mit dem Gewehr wird bald kommen«, sagte eine traurige Stimme, Strawberrys Stimme. »Er wird Bigwig wegbringen.«

Plötzlich bemerkten die Hasen, dass Strawberry zu ihnen gestoßen war, sein Kopf war vor Scham gesenkt.

Holly starrte ihn zornig an. »Das ist auch Pimpernel widerfahren, nicht wahr?«, rief er. »Der Draht hat ihn erwischt.«

»Sobald ein Hase weg ist«, sagte Strawberry kläglich, »sprechen wir seinen Namen niemals wieder aus. Der Mensch gibt uns zu essen und beschützt uns

vor dem Fuchs. Dies ist der Preis, den wir dafür be-
zahlen.«

»Wieso in Friths Namen hast du uns nicht gewarnt?«,
fragte Hazel und schaute Strawberry vorwurfsvoll an.

»Wir dachten, wenn der Draht euch fangen würde«,
sagte Strawberry mit zittriger Stimme, »würden wir einen
Tag länger leben.«

»Ich werde euch allen Beine machen!«, keuchte eine
schwache Stimme hinter ihnen. Verblüfft drehten sich alle
in die Richtung, aus der die Stimme kam. Es war Bigwig,
der gesprochen hatte, während er sich schwankend auf-
richtete.

»Bigwig!«, rief Hazel.

»Du lebst ja!«, wisperte Fiver erfreut.

73

»Ja, ich lebe«, entgegnete Bigwig, »und ich möchte Cowslip sprechen. Kommt, helft mir auf!«

Alle versammelten sich um den verloren geglaubten Kameraden. Er war noch sehr schwach und fiel immer wieder um.

»Du musst dich erst ausruhen«, versuchte Hazel seinen Eifer zu bremsen.

»Nein, mir geht's gut«, stieß Bigwig immer noch atemlos hervor, »ihr müsst mich nur stützen.«

Hazel und Holly brachten den geschwächten Bigwig wieder auf die Beine. Gemeinsam marschierten sie zum Bau zurück, Hazel und Fiver an der einen Seite von Bigwig, Holly an der anderen. Sie kamen nur langsam vorwärts, denn Bigwig konnte nicht sehr schnell laufen.

»Geht weg«, sagte Cowslip, als sie näher kamen. »Es sei denn, ihr wollt euch streiten.«

»Du hast doch vergessen, wie das geht!«, stieß Bigwig verächtlich hervor.

Cowslip stürzte sich auf ihn, wobei er seine Krallen zeigte, und versuchte Bigwig zu kratzen. Trotz Cowslips Größe klatschte Bigwig, der zudem durch seine Verletzung geschwächt war, ihn so leicht zur Seite, als wäre er eine Fliege.

Als Cowslip sich aufgerappelt hatte, sagte Hazel: »Ihr müsst alle gehen oder ihr werdet in den Fallen enden.«

Cowslip wich langsam in den Bau zurück. Seine Stimme kam aus der Dunkelheit. »Die kriegen mich nicht«, rief er und lachte. »Andere vielleicht – mich nie.«

Hazel schauderte. »Lauft!«, sagte er. »Wir müssen weg von hier.«

Sie liefen, so schnell sie mit dem geschwächten Bigwig vorwärts kamen, zurück durch den Wald und die Felder und blieben erst stehen, als sie den Fuß des Watership Downs sehen konnten.

»Fiver«, sagte Bigwig, als sie sich ausruhten. »Es tut mir Leid. Ich hätte auf dich hören sollen.«

»Wir hätten alle zuhören sollen«, stimmte Holly zerknirscht zu.

Das hohe Gras raschelte und teilte sich. Strawberry stand plötzlich vor ihnen, seine Augen vor Angst weit aufgerissen.

»Ich bin euch gefolgt. Bitte, nehmt mich mit!«, bettelte er.

»Wieso sollten wir?«, knurrte Bigwig. »Du hast uns angelogen.«

»Wir dürfen die Wahrheit nicht sagen«, antwortete Strawberry bedrückt. »Ich hatte Angst. Aber auch ich möchte nicht länger an diesem schrecklichen Ort bleiben. Zwingt mich nicht, zurückzugehen.«

»Es ist zu spät, Pimpernel zu helfen«, sagte Hazel und blickte die anderen an. »Aber wir können Strawberry retten.«

Fiver und Holly nickten. »In Ordnung«, willigte Bigwig ein. »Also los.«

Als sie den Hügel hinaufstiegen, flog ihnen Keehar mit Hannah, der Feldmaus, auf dem Rücken entgegen. »Wir sind vor euch zu Hause, ja?«, kreischte er und schwebte voran.

»Zu Haus«, flüsterte Strawberry glücklich.

Dandelion, Pipkin und Hawkbit erschienen oben auf dem Gipfel, dreckig und schlecht gelaunt.

»Hoffentlich habt ihr euch gut amüsiert«, begrüßte sie Dandelion.

»Wir nämlich nicht«, beschwerte sich Pipkin.

»Wir sind durchnässt und Blackberry gönnt uns keine Pause«, fügte Hawkbit hinzu.

Hazel seufzte. »Heimat, süße Heimat!«, sagte er.

KAPITEL 9

Graben oder verteidigen

*T*ief unter der Buche gruben Hazel, Holly, Blackberry und Fiver sich mühsam durch die Erde. Weiter unten am Hügel rief Bigwig, der sich von seiner Tortur mit dem glänzenden Draht erholt hatte, Hawkbit, Dandelion und Pipkin Kommandos zu. Dazwischen schlummerte Strawberry im weichen Gras.

Er öffnete die Augen und sah Hazel neben sich. »Hazel«, sagte er und rieb sich die Augen, »ich bin so froh, dass ich Cowslips Bau verlassen habe. Hier seid ihr alle frei!«

»Wir sind vielleicht frei«, belehrte ihn Hazel, »aber wir müssen arbeiten, um zu überleben. Solltest du nicht mit Bigwig Verteidigungsübungen machen?«

Blackberry tauchte neben ihnen auf. »Oder mit uns graben?«

»Das klingt alles so ermüdend«, sagte Strawberry und gähnte.

»Ich berufe eine Sitzung ein«, sagte Hazel. »Wir brauchen mehr Hasen, die graben.«

Kehaar und Hannah waren überrascht, alle Hasen unter einem Walnussbaum sitzen zu sehen.

»Ist eine große Versammlung«, sagte Kehaar.

»Warum hat uns niemand Bescheid gegeben?«, fragte Hannah enttäuscht.

»Scht!«, ermahnte Fiver die beiden.

»Ich grabe nicht«, verkündete Bigwig. »Meine Aufgabe ist die Verteidigung.«

»Bis wir den Bau errichtet haben, was gibt es da zu verteidigen?«, fragte Blackberry.

»Unser Leben!«, sagte Bigwig.

»Strawberry hat mir von einem brutalen, blutrünstigen Bau in der Nähe eines Ortes namens Efrafa erzählt.«

»Strawberry«, wandte sich Hazel an den Neuankömmling. »Hast du diesen Bau gesehen?«

»Nein«, antwortete Strawberry. »Aber ich habe Geschichten gehört.« Er schüttelte sich ein wenig.

In diesem Moment fiel eine Walnuss oben vom Baum auf Hannahs Kopf. Sie kreischte und Kehaar rief: »Wir sind unter Beschuss!«

Hazel beachtete die beiden nicht. »Bigwig«, sagte er, »wir haben keinen Beweis dafür, dass diese Geschichten wahr sind.«

»Na gut«, entgegnete Bigwig und stand auf. »Ich werde Beweise holen. Ihr grabt, und ich werde auf eine einsame Streife gehen.«

»Wir kommen auch mit«, schrie Kehaar.

»Nein«, sagte Bigwig kopfschüttelnd und marschierte davon. »Einsam heißt allein.«

Fiver schauderte. »Bigwig«, rief er. »Sei vorsichtig.«

Er hatte wenig Zeit, sich Sorgen zu machen. Blackberry
teilte sofort zwei Arbeitsgruppen ein, bei denen Fiver und
Pipkin innen mit ihr gruben und Hazel, Dandelion,
Hawkbit und Holly außen gruben, um einen neuen Eingang zu schaffen.

Irgendwie gelang es Strawberry, mit keiner der Gruppen zu arbeiten.

»Er ist nutzlos!«, seufzte Hawkbit, während er Strawberry anstarrte.

»Sein Leben war anders in Cowslips Bau«, bemerkte
Hazel. »Er wird unsere Methoden schon bald kennen lernen.«

»Hmm!«, grummelte Hawkbit und deutete auf den
Neuling. »Nun, gerade jetzt schläft er im Klee!«

Die Hasen kümmerten sich nicht weiter um Strawberry

und setzten ihre Arbeit fort. Sie gruben den ganzen Tag über. Nur manchmal gönnten sie sich eine kleine Pause.

Als Bigwig von seiner Streife zurückkam, war sein Fell dreckig und zerzaust und er atmete schwer.

»Sie hätten mich beinah geschnappt!«, keuchte er.

»Wer?«, fragte Hazel, während die Hasen zusammenkamen.

»Ich bin nicht bis zum Bau gekommen, aber ich habe einen Efrafa-Spähtrupp gesehen«, erzählte Bigwig hastig. »Sie wissen von uns! Sie planen, unseren Bau aufzuspüren und uns gefangen zu nehmen.

»Bist du sicher?«, fragte Hazel und wurde ziemlich unruhig.

»Bestimmt!«, antwortete Bigwig. »Ich bin nah genug herangekommen, um zu hören, was sie sagten. Dann haben sie mich gesehen, und ich musste um mein Leben rennen. Hört zu: Jeder von uns muss für die Verteidigung des Baus trainiert werden!«

»Aber Blackberry hat Recht«, bemerkte Hazel, »wir müssen auch graben. Wir werden uns wie vorher aufteilen. Fiver und ich mit Blackberry. Hawkbit, Dandelion, Holly und Pipkin mit dir.«

»Ich nehme an, eine halbe Owsla-Gruppe zur Verteidigung ist besser als nichts«, murrte Bigwig.

»Wir melden uns freiwillig für Oozley«, sagte Kehaar. Hannah nickte. »Ich plane etwas mit Walnüssen«, ergänzte sie.

»Auf keinen Fall«, widersprach Bigwig. »Außerdem heißt unsere Verteidigungsgruppe Owsla«, fügte er hinzu.

»Aber Hannah hat interessante Ideen«, meldete sich Blackberry zu Wort. »Und Kehaar könnte vom Himmel aus die Umgebung auskundschaften.«

»Das Verteidigungstraining ist nur für Hasen«, sagte Bigwig, wobei er den Kopf schüttelte. »Und apropos Hasen, wo ist Strawberry?«

»Hier«, gähnte Strawberry, während er sich langsam näherte.

»Graben macht dir keinen Spaß«, sagte Hazel. »Du solltest lieber der Owsla, unserer Verteidigungsgruppe, beitreten.«

»Richtig, Soldaten!«, rief Bigwig. »Passt auf. Dieses Mal müsst ihr im Gefecht lernen.«

»Du meinst ein richtiges Gefecht?«, fragte Pipkin besorgt.

»Das meine ich«, verkündete Bigwig. »Wir werden die Efrafaner finden und sie uns näher anschauen. Vorwärts!«

KAPITEL 10

Bigwigs Spähtrupp

Bigwig und Holly liefen voran und Hawkbit, Dandelion und Pipkin folgten ihnen. Es dauerte nicht lange, bis sie merkten, dass Strawberry nicht mitgekommen war. Sie kehrten um.

Bigwig fand ihn friedlich schlafend im Gras.

»Es tut mir Leid«, sagte Strawberry, während er sich auf-rappelte. »Es wird nicht wieder vorkommen!«

»Nein, das wird es nicht!«, sagte Bigwig mit tadelndem Blick. »Denn du bist entlassen! Geh zurück! Sofort!«

Strawberry schlich mit hängenden Ohren davon. »Ich habe nicht beim Graben geholfen und ich bin in der Owsla unerwünscht«, sagte er schniefend zu sich selbst. »Sie werden mich aus dem Bau verbannen.« Er hielt plötzlich inne. »Es sei denn, ich ändere mich! Das werde ich! Ich gehe zurück und grabe und grabe –« Er fing an zu rennen.

Der Rest des Spähtrupps war mit Bigwig und Holly weitergegangen.

Plötzlich tauchte eine Reihe von gemein aussehenden Hasen oben auf dem Hügel vor ihnen auf.

Sie rannten mit höchster Geschwindigkeit, hoppelnd und sich durchs Gras schlängelnd, während die Efrafaner den Hügel hinunter auf sie zurauschten.

Durch ein Feld, unter einer Hecke hindurch und dann eine Landstraße entlang, ging die Jagd weiter. Sie hatten

einen guten Vorsprung gehabt, aber die Efrafaner waren dabei, sie einzuholen.

Da entdeckte Bigwig einen Abwassertunnel, der unter der Straße herlief.

»Kommt!«, rief er und eilte voran. Doch Pipkin, der hinter den anderen war, sah etwas, das Bigwig übersehen hatte. Das andere Ende des Tunnels war blockiert, und die Efrafaner sprangen schon auf den Eingang zu.

»Wir sitzen in der Falle!«, sagte Dandelion.

»Wo ist Pipkin?«, fragte Hawkbit. Während er sprach, hoppelte Pipkin am Eingang des Tunnels vorbei, die Efrafaner dicht hinter sich.

»Schnappt ihn euch!«, schrie deren Anführer, und die gesamte Efrafa-Truppe raste hinterher. Bigwig, Holly, Dandelion und Hawkbit stolperten aus dem dunklen Tunnel heraus.

»Pipkin führt sie von uns weg!«, sagte Bigwig. »Holly, du Hawkbit und Dandelion lauft zurück zum Bau!«

»Was ist mit Pipkin?«, fragte Dandelion.

»Ich werde ihn finden!«, sagte Bigwig und rannte los.
Er holte die Verfolger gerade ein, als Pipkin fiel. Er war
umringt von feindseligen Hasen. Als Bigwig sich auf einen
Angriff vorbereitete, ertönte von oben ein Furcht erregen-
des Kreischen. Kehaar machte vom Himmel aus einen
Sturzflug. Auf seinem Rücken saß Hannah, die die
Efrafaner mit Walnüssen bewarf.

Diese gingen eilig in Deckung und Bigwig
packte sich Pipkin und zog ihn in Sicherheit.

Als die Efrafaner wieder auf die Beine kamen, waren Bigwig und Pipkin schon außer Sichtweite und rannten ruhig nach Hause.

Keehar flog über ihnen, Hannah auf dem Rücken, die sich an seinem Hals festhielt. »He, Bigwig!«, rief sie.

»Bist du stolz auf uns?«, kreischte Kehaar.

»Ja«, schnaufte Bigwig. »Ihr habt gute Arbeit geleistet, ihr zwei.«

Auf dem Watership Down beobachteten die Hasen besorgt, wie Erde aus einem neuen Bau unter der Buche herausregnete.

»Strawberry, hör auf!«, rief Hazel. »Es ist nicht sicher.«

»Du gräbst im falschen Winkel«, versuchte Blackberry ihm klarzumachen.

»Muss graben«, kam eine gedämpfte Stimme. »Muss graben. Lieber graben, als verstoßen zu werden.«

In diesem Moment stürzte der ganze Gang über Strawberry ein.

»Schnell!«, schrie Hazel, und er, Blackberry und Fiver scharrten wie wildgeworden an der Erde, bis Dandelion und Hawkbit, die mit Holly gerade wieder zu ihnen gestoßen waren, Strawberry ins Freie ziehen konnten.

»Es tut mir Leid, dass ich eine Plage bin«, jammerte Strawberry, während er sich Erde aus den Ohren schüttelte. »Ich wollte mich beweisen. Ich hatte Angst, ihr würdet mich wegschicken.«

»Niemals«, sagte Hazel, während er Strawberry leicht auf die Schulter klopfte. »Du bist einer von uns.«

»Hazel!«, rief Bigwig, als er und Pipkin den Fuß des Baums erreicht hatten. »Diese Efrafa-Hasen sind sogar noch gefährlicher, als ich dachte.«

Freudig wurden Pipkin und Bigwig von den anderen begrüßt. Sie berichteten, was ihnen widerfahren war.

»Wir müssen hier mehr arbeiten. Wir brauchen Geheimeingänge – Verstecke – Fallen«, schloss Bigwig.

»Und wer wird das alles tun?«, fragte Blackberry und schaute die anderen vorwurfsvoll an.

»Ich und meine Owsla!«, verkündete Bigwig.

»Ich dachte, du hättest gesagt, Hasenbau sei die Arbeit des Weibchens!«, sagte Hazel amüsiert.

»Das hier ist etwas anderes«, entgegnete Bigwig. »Dies ist notwendige militärische Verteidigung.

Und zum Erstaunen aller begann er zu graben.

Verzeichnis der wichtigsten Hasen-Ausdrücke

Efrafa: Der Name des gefährlichen Hasenbaus von General Woundwort.

El-Arah: Der verkürzte Name des Hasen-Helden El-ahrairah. Die vielen Geschichten von El-Arah sind eine Quelle der Kraft für alle Hasen.

Elil: Feinde der Hasen, z.B. Füchse, Habichte und Wiesel.

Flayrah: Gutes Essen, z.B. Karotten, Kohl und Kopfsalat.

Frith: Die Sonne; ein Gott für Hasen.

Frithmas: Die Weihnachtsfeier der Hasen; es wird mit einem großen Fest begangen.

Inle: Der Mond. Wenn ein Hase stirbt, kommt der Schwarze Hase von Inle, um ihn zu holen.

Owsla: Eine Gruppe von starken, mutigen Hasen, die dazu trainiert werden, den Bau zu verteidigen.

Silflay: Außerhalb des Baus essen; normalerweise bei Sonnenauf- oder Sonnenuntergang.